행운목 향기

시와함께(Along with Poetry) 시인선 033

행운목 향기

김순희 시집

시와함께 넓은마루

대학에서 국문학을 전공하면서 시인을 꿈꾸던 때가 엊그제 같은데 거울 앞에 서니 그 시절 청초한 얼굴은 보이지 않고 웬 낯선 여인이 물끄러미 나를 쳐다보고 있습니다.

2012년에 등단하여 첫 시집 『내 꿈은 숫자가 없다』를 출간하고 얼마나 기뻤는지, 시집을 보고 또 보고 어루만질 때마다 황홀하고 신기했습니다. 세상에, 나에게도 이런 가슴 두근거리는 일이 있다니. 그러나 가슴 두근거림은 얼마 안 가 나를 허기지게 하고 갈증에 시달리게 했습니다. 시시때때로 시를 생각하고 시에 매달려 허기를 채우고 갈증을 풀 수밖에. 그것이 최상의 길이었습니다. 그 길을 따라 걸으며 둘째 시집 『우리 마주보고 웃자』, 셋째 시집 『함께 있고 싶은 사람』, 넷째 시집 『햇살 좋은 날』을 출간하고, 마침내 이번에 다섯 번째 시집 『행운목 향기』를 내게 되었습니다.

다섯 권의 시집 속에 나의 소소한 일상과 여로, 삶의
맥박을 담아왔지만 늘 어딘가 서운하고 부족합니다.
하지만 용기를 내어 부끄러움을 누르고 『행운목 향
기』를 내놓습니다. 행운목이 향기를 풍기듯이 이 시집
이 당신과 나에게 향기를 주었으면 좋겠습니다. 당신
이 함께 있어 행복합니다.

　　　　　　　　　　　　　– 2024년 가을　눈꽃 김순희

| 차례 |

제2부   시를 기다리며

제3부 그 한옥 목련

제4부 세월과 시간

제5부 가을엽서

제6부 아파하지 마세요

제1부

구름이 묻네

목련

언제 오셨는지
활짝 웃고 있는 당신
하얀 얼굴 눈부셔
그만 눈을 감았습니다

겨우내 지치도록
기다렸던 내 앞에서
어쩜 이렇게 환히 웃고 있나요

지상을 빛내는 천사의 얼굴
서둘러 거두어 가려면
웃지 마세요

양지바른 사월 햇살
당신 뒤에서
따스하게 반짝반짝 윤이 나네요

바닥

목발 짚고 걸으니
절로 머리 숙여지고
땅바닥만 보인다

누가 버리고 간 쓰레기인가
검은 비닐봉지 발치에 걸리고
단물 빨고 뱉어버린 껌 조각 달라붙는다

목발에 의지하다보니
어제까지 무심히 밟고 지나던
낙엽과도 얼굴 마주친다

머리 숙이니 보이는 것들
버려진 양심
잊혀진 세월
나 몰랐네, 고개 높이 들고 다녔을 땐

지금 어디 있나요

한 뼘만 다가서면 잡힐 듯한데
우리 사이 긴 강 흐르고
징검다리 보이지 않네

끊어졌다 이어지는 휘파람 소리
한 발 다가서면 닿을 듯
닿아서 체온 느낄 듯한데

하늘은 거짓말처럼 맑아서 오소소하고
반짝이는 모래밭
발자국 따라가면
불쑥 앞에 솟아오를 것 같은 그대

지금 어디 있나요
불쑥 올 것 같더니
우리 사이 긴 강 흐르네

구름이 묻네

저 솜털구름은 흘러 어디로 가나
쾌청한 하늘인가 했는데
심술궂은 먹구름이 뒤쫓아 오네

우리 사는 일
저 하늘 닮았는가
저 하늘이
우리 사는 일 닮았는가

즐거움은 취하기도 전에
흐지부지 흩어지고
햇빛이 늘 함께하려니 하는데
먹구름 소나기 몰려오네

우리 사는 일
흐르는 구름 같은 것 아니면
무엇이겠느냐고
불쑥 구름이 묻네

잠깐 머물 틈도 없이

남부터미널 길
무심히 걷고 있는데
어디선가
형수 하고 부르는 소리 들렸다

찬바람 살랑 귓가를 스쳐 지나고
신호등은 빨간불
두리번거리며
목소리 주인을 찾아본다

흰 마스크 낯선 얼굴들
검은색 코트의 발걸음들 바쁜데

승용차에서
손짓하는 남편 후배
반가움보다 먼저 빵빵빵
차들이 길 비키란다

쫓기듯 지나쳐가는

자칭 시동생

딜라이라를 온몸으로 열창하던 음치

잠깐 머물 틈도 없이

뒤차에 밀려 저만치 가고 있다

나는 작아지고 싶지 않아

달을 정복하고
우주 정거장 설계하고
복제견 복제양 잉태시켜
신의 경지에 이른 줄 알았던 인간세계

눈에 보이지 않는
변형 바이러스 팬데믹 만나
꼴깍 어둠 속에 잠겼다

태양은
밤이 되면 무엇을 생각할까
어둠 속에 한없이 뒤척이며
숨 고르고 있을까

인간은
달을 정복하고
우주를 지배할 줄 알았으나
종이호랑이에 지나지 않았는가

나는
작아지는 마음 추슬러
집을 청소하고
우주여행 안내책자를 뒤적인다

광활한 우주
그래도 꿈꾼다
나는 작아지고 싶지 않아

꿈속에서

꿈속을 걸었네
무릎 아래서 찰랑이는
바닷물
햇빛 반짝이는 금모래

너랑
나랑
조개 줍고 예쁜 몽돌 찾아
해 지는 줄 몰랐네

등 따가워도 웃고
바람이 모자 훌러덩 벗겨가도 웃고
지나는 파도 사르르 밀려와도 웃었네

나는 꿈속에서 열여섯 단발머리

미처 몰랐네

꿈에서 깨어나니

머리카락에 하얗게 내린 서리

봄날은 간다

꽃들 다투어 피고
새들도 푸른 하늘 분주히 날고
꽃구경 갈 마음
구름 따라 흐르는데

넌
어디서 무얼 하니?
감나무에서 까치는 불러대고
바람은 왜 또 이다지 설렁이는지

손꼽아 보고
달력에 동그라미 그려 놓고
기다리는 마음
하늘만 한데

너
어디서 날 샌 줄 모르는 채

기다리는 사람

생각은 해 보았니?

덧없이

봄날은 간다

철새

중랑천
물오리들
언제 떠나버렸을까?

북쪽 옛집 찾아
날아갔겠지?

훨훨 날아갈 수 있는
물오리들은
얼마나 자유로울까

8학군 찾아
여기저기 부동산 뒤지고 다니는
열혈 엄마는
물오리가 무척 부러울 거야

아파트 값 따라

울고 웃는 사람들

8학군 잊고

훨훨 날고 싶을 거야

물오리 놀던

중랑천에

자리 펴고 편히 노는 햇살

뒷모습

마음 들뜨게 한껏 뽐내던
목련 철쭉 영산홍 꽃바다

어느 틈에
찌뿌둥한 구름 아래
시들비들 저물어 가는구나

나 한때
예쁘다 싱싱하다
찬사 달고 다녔지만

꽃잎에 어리는 그늘
너랑 나랑 다를 게 무어람
양귀비꽃도 한철
쓸쓸한 뒷모습은 잠깐이다

떠나는 너의 모습 안쓰럽지만

남모르는 씨앗 품고 있겠지

가는 길마다 순간마다
내 뒷모습에
싱싱한 별 하나 걸렸으면 좋겠네

비 오는 날

칸나 잎새에 떨어지는
빗방울 소리
높고 낮게
무슨 말인 듯 하고 싶은 게 많나 보다

유난히 비를 좋아하던 친구
지금 어디서 빗소리 듣고 있을까

빗소리 점점 커지네
조금씩 가까이 오고 있는
친구의 발자국 소리인 듯
다소곳이 귀 기울이네

이 비 그치고 나면
남은 여름 씻겨가고
성큼 다가서는 가을 앞에
나 멍하니 서 있겠지

높고 낮게

생각을 일깨우는

유정한 빗방울 소리

키피 향

LA 호텔방 냉장고
물 한 병 안 남기고
누구를 위해
깨끗이 비워 둔 걸까

코로나 핑계지만
돈 지불하고 먹으라 하던
맥주나 콜라도 없다

탁자 위 바구니 속
은박지에 싸인 것은 무엇일까?
조심히 뜯었다

아, 초이스 커피 향
코가 즐겁고 상쾌하다

그래
이건 무료구나
마음 가득 번지는 커피 향

나를 위한 것이니
흔쾌히 한 잔 마셔야겠다
나 아닌 누군가에게도
한 잔 권하는 마음이 되어!

귀를 쫑긋 세웠다

어젯밤 어깨 축 늘어진 고3 손자 녀석
언제 잠 깰까
기척은 감감 무소식
내 귀는 토끼처럼 바짝 섰다

콩나물국 데웠다 식혔다
식탁에 수저 놓았다 치웠다
마음만 종종걸음치고

시계는 재깍거리며
앞장서 가는데
밤새 뒤척이다 늦잠 들었을까
알람 소리는 놓치지 않겠지

미세먼지 뒤집어쓴
날씨마저 망설이고 있나 보다
식어가는 식탁 밥그릇들도
귀를 쫑긋 세운다

행운목 향기

거실 구석 창가 행운목
눈길 한 번 못 받고 지냈건만
오늘 저녁 환히 꽃을 터트렸다

천상에서 왔을까
신비한 향기 온 집에 가득하다

아, 사람을 아득하게 하는 이 향기

내가 천사가 되었을까
꿀통에 묻혀버린 한 마리 벌이 되었을까
몽롱한 이 느낌

향기에 취한 저녁이
행운목에 아스라한 그리움을 슬어 놓는다
충만한 향기 속에
내 마음 왜 이다지 설렐까

버려진 우산

카페 유리벽 아래
살 부러진 검은 우산
뒤집힌 채 누워 있다

봄이 다 가도록 가물었던 비가
바닥 쩍 갈라진 저수지에
바짝 목이 탄 가로수에
골고루 내려

논바닥처럼 주름 팬
농부들 이마 펴지고
어디선가 왕개구리 울음소리
빗물에 딸려왔다

단비 내려
세상은 푸르게 생기를 찾았지만
망가져 버림받은 저 우산은
누가 거두어 주나

한때는 애지중지 쓰다듬고
가족이라 부르던 반려견도
병들고 약해지면
저렇게 버려지는 거겠지?

젖은 강아지 한 마리
버려진 검정 우산 곁에서
웅크린 채 떨고 있다

제2부

시를 기다리며

짝꿍

짝꿍이 전화했다
사무실 들렀다 공장가는 길
"막 집 앞을 지나고 있어요"

아침에 얘기하고 나갔는데
싱겁기도 하지

같이 있을 땐
덤덤해도
울 같고
느티나무 같은 사람

같이 울고
같이 웃고
반백년 동반자
눈짓 하나로도 통하는 우리

짝꿍이 또 전화했다
"점심 거르지 말아요"

보석상자

아침 일찍
제일 먼저 열어 보고
쓰다듬어 보는
손때 묻은 상자

꿈을 담고
추억을 담고
더불어 나를 담아 온
쭈글한 가죽상자

손지갑마저 버거워 가는데
상자 안에는
늘어나는 잡동사니들

버리자
낡은 추억을 버리고
꿈을 버리고
애증을 버리자

한바탕 퍼부은 소나기 뒤에
반짝 솟는 해처럼
밝고 가벼운
그런 삶이 좋다

이젠
미련덩어리들
훌훌 털어버리고
상자 없이 살아야지

낙엽

덕수궁 돌담 아래
마른 낙엽처럼 깡마른 할머니가
쪼그리고 앉아 있다

배고파요
지나가는 사람들에게
모기 소리로 신음하듯 손 벌려도
스마트 폰에 눈길 뺏긴 젊은이들
그냥 지나쳐가고
마음 바삭한 행인들 무심하다

바람은 안쓰러운지
낙엽을 툭 던져 주고
십일월 햇살은 가만히
할머니의 처진 어깨를 쓰다듬는다

할머니가 자꾸 작아져 보인다

가을 소낙비

눅눅한 옷가지들 내다 널고
콧노래 섞어 대청소하는데
기별 없이 들이닥친 우당탕 빗소리

맨발로 뛰어가는데
옷가지들 벌써 흠뻑 젖었다
흙냄새 코끝에 훅 불어온다
한바탕 휘젓고 떠난 비
성질 급하기도 하시지

아무런 대책 없이
허둥대는 내가 밉다
구월 하늘은
변덕스런 여자의 마음인가

맑은 하늘 취하기도 전에
콧노래를 끊는 너는 변덕쟁이
가을 소낙비

누가 잃어비렸나

누가 잃어버렸을까
낙엽과 뒤섞여 흙투성이 된
낡은 가죽지갑
휴지조각처럼 밟힌다

지갑 주인은 지금 얼마나 속상할까
한때 지갑 주위에
사람들 모여들었을 터이고
그 사람들 다 내 편인 줄 알았겠지

어느 틈에
손가락 사이로 빠져나간 젊음
지갑은 헐거워지고
사람들은 어느새 멀어져갔겠지

거무튀튀한 땅바닥
막연히 떨어져 있는 지갑 위에
낙엽이 하나둘 쌓이고 있다

구름이 하는 말

비 개인 하늘
구름 한 첩 천천히 흐른다
가는 곳 어디인가

오늘 한가로이 하늘 바라보니
구름의 말도 있고
지나는 바람 손길도 있는 걸
예전엔 예전엔 몰랐네

저 구름
청실홍실 무지개로 묶어 놓을 수 없을까
뭉게구름 피어오르는가 했더니
무심하게 머리에 백발을 심고 가네

눈꽃

백합보다
평화롭고 아름다운
순백의 꽃을 보셨나요

이 사랑스럽고
아련한 미소를 보세요

단풍잎들 제 갈 길 떠나버린
빈 나뭇가지에
숨 막히도록 정갈하게 피어난
눈꽃

마른 가지를 다독이며
내 일생의 젊음을 빛내는
이 순정한 꽃을
당신만은 잊지 말아요

시를 기다리며

잊을 때 쯤 슬그머니 찾아와
똑똑똑
나를 두드리는 당신!

희미하게 멀어져 가다가
불쑥 돌아서
가만히 불러대는 당신은
스치는 바람인가요

소리 없이 자는 듯한 노을
아침 연못에 내린 이슬처럼
당신은
어디서 왔다 어디로 가버립니까

고요로운 새벽
단잠 깨워 놓고
훌쩍 떠난 당신은
언제 또 돌아오시렵니까

카톡 시대

바람이 맵다
옷은 든든히 입었겠지
싸늘한 하늘
새들은 둥우리 속에 웅크렸나 조용하다

텅 빈 식탁이며
한 상에 둘러앉아 떡국 먹던
정월 초하루를 생각한다

지금은
각자 자기 자리 찾아 한창 분주할 때
유리창 너머 빈 하늘 바라보며
너희들 생각에 뿌듯하다

날은 매워도
우리들 사랑은 따뜻한 온돌이야
머잖아 봄이 올 테고
웃음 섞인 발자국 소리 들리겠지

카톡이 까톡까톡 부르네

그래, 몸조심하자

바람이 차다 옷 따숩게 입어라

사랑한다 내 강아지들

언덕 위 그 찻집

저무는 시월 저녁
우이동 언덕 위 찻집
불빛 따뜻하고 커피 향 향긋했지

문밖엔 찬바람 파도처럼 쏴아 불고
낙엽은 휘청거리는 발길에 채이고
긴 머리카락 바람에 갈대처럼 휘날렸지

어깨 맞대고 비틀대며 뛰던 친구
우린 서로에게 따뜻한 난로였어

그 친구 아프다 했는데
지금 어떨까?
코로나로 멀어진 지금
발걸음 뜸해지고 소식조차 막혔네

친구야 보고 싶다

잘 있다는 소식 전해 주렴

바람 부는 날이면 생각나는

언덕 위 그 찻집

우리 언제 다시 만날까

불면의 밤

머리맡에 쌓이는 초침 소리
담장 밑에 울던 길고양이는
어디서 곤히 꿈꾸고 있을까

창가에 서성대던 바람
길게 울다 훌쩍 떠나고
옆에서 코 골던 소리도 잠든 밤

달도 구름 베고 잠들었나
별들도 졸음에 겨운데
머릿속은 맑은 냉수처럼 투명하다

계수나무 아래 방아 찧는 토끼
할머니 옛날 얘기는
지금 누가 듣고 있을까

쉴 새 없이

톡톡톡 심장 뛰는 소리

밤새워 자장가 삼아 꽃잠 들어 볼까

봄비

깜빡 봄이 온 것 같은 포근한 날씨
영춘화 몇 송이 피어
맨발로 뛰어 반겼더니
느닷없이 차가운 비가 내린다

소나무 어깨 희끗한 잔설
빗물에 쓸려나고
누렇게 뜬 잔디도
촉촉이 젖어 생기를 띤다

이 초봄 비
코로나, 우크라이나 전쟁 소식
몽땅 설거지하고 갔으면

까똑까똑 반가운 소식
군대 간 손자 녀석 찾아왔으면
비야 비야
봄소식 햇살 가득 담고 오려무나

숨 좀 돌리고 가자

벚꽃 잎 분분히 나비처럼 날아다닌다
어제는
그리도 눈부시게 곱고 생글터니

라일락 향기는 창문에 머뭇대고
개나리, 철쭉, 목련
제 세상인 양
사월 내내 화사하더니

눈 깜짝할 새
나 몰래 떠나버렸네

세월아
가기는 어찌 이리 쉬이 가나
내 웃음 곁에 좀 더 머물다 갈 것이지

인생이 긴 줄 알았건만
꽃 지듯 쉬이 가는 세월아

멀리 보았을 때 좋았어

꽃무릇 붉고
푸르게 우거진 나무 아래
빈 나무의자 하나
한가로이 쉬고 있다

정다운 고향 마을 꿈꾸게 하는
이름 모를 풀벌레 소리
어디선가 개울물 흐르는 소리에
나도 모르게 발걸음 당기는데

아뿔싸! 개울엔 개울이 없고
마른 풀, 휴지조각 어지럽다
달리는 차량의 소음
물소리로 듣고 말 걸

멀리 있을 땐
호기심 쌓이고 그리움도 컸는데

가까이 다가가니

개울물 소리, 환청이었네

차라리 멀리 두고 볼 걸

네잎클로버

네잎클로버 건네주며
수줍게 웃던 너

무너진 성터 여기저기
네 얼굴 그득하네

이 여름 나비되어
클로버 잎에
쉬어가고 싶어라

제3부

그 한옥 목련

미세먼지

벚꽃이 환히 웃는다
산수유 철쭉 진달래 목련
누가 먼저랄지 앞다퉈 피어
눈호강하는데
웬걸
미세먼지, 초미세먼지
눈앞 뿌옇게 막아서고
창문도 못 열게 하니
아쉽고 안타깝다
어쩌면!
나도 누구의 시야 가리고
무심하게 막아서지는 않았을까
반기지 않아도 오고
떠나보내도 가지 않는
미세먼지처럼!

잃어버린 고향

고향 뒷동산
할머니 잠드신 양지바른 무덤가
진달래 활짝 웃고
먼 산 뻐꾸기 울음소리 아련했지

어느 달 없는 날, 캄캄한 밤
엄마 등에 업힌 채 할머니 산소 등지고
무작정 남쪽으로 달렸다

꿈결에만 가는 고향
할머니 무덤가 진달래꽃 피었을까
따뜻한 햇살은 기다리고 있을까

손닿을 듯 가깝고도 먼
삼팔선 너머
할머니 잠드신 곳

어버이날에

'하늘 아래 그 무엇이 높다 하리요
어머님의 은혜는 가이 없어라'
어버이날에 들으니
가슴 짜릿하다

나는 몇 점짜리 어머니일까
슬그머니 작아진다

사람들은 어머니를
제일 훌륭한 스승으로 삼고 그리워한다는데
나는 과연
우리 아이들에게 그리운 어머니일까

짐 되고 걸림돌은 되지 않았을까
타이르고 걱정하는 게
지나친 간섭이라 생각하지 않았을까

어버이날이면 나도

어린아이로 돌아가

어머니 품에 안기고 싶다

물까치 사랑

초여름 어스름 녘
뒷마당 울타리에
한들거리는 개망초 그득하다

나물반찬 생각으로
연한 꽃대 줄기 꺾으며
어머니 손맛 생각할 때

비명 같은 새소리
부리로 사납게 쪼아댈 기세
뒤통수 스치는 찬바람 섬뜩하다

도망치듯 문안으로 뛰었다
무슨 일일까?
조금 전 앞마당 모이 쪼아 먹던 물까치

아차, 물까치는
뒷마당 나무 둥지에 낳은
새끼 생각했구나

주인 허가 없이 입주했어도
오히려 주인이 침입자가 되었구나

뒤통수 쪼여도
어미새 모성애에
머리가 끄덕여진다

그 한옥 목련

돈암동 언덕
한옥 대문 앞 지나가려면
괜스레
가슴 설레었다

담장 위 하얗게 피어 있던 목련들
모두 친구 얼굴이었다

옛 생각 느낌은 다르지 않은데
편의점으로 변해버린 그 집

친구는 지금
어디서 무슨 꽃으로 피어 있을까

목련꽃 필 때면
생각나는 그 언덕 한옥 담장

비처럼

봄비 찾아와
마른 풀잎 만져 주고
엉성한 소나무 촉촉이 적실 때
미세먼지 뒤집어쓴 나무의자에 앉아 본다

비는
작은 것 큰 것 따지지 않고
골고루 찾아간다

우리 인간 세상
모두에게 평등하였으면

비가 내린다
우산을 접고 촉촉한 봄비를 맞는다
나도
꽃잎처럼 풀잎처럼 소나무처럼

비 오는 소리

내부순환도로
달리는 차창에 스치고 부딪히는
높고 낮은 빗방울 소리

기다리는 너 오지 않고
기별만 실려 보내나

손닿을 듯 말 듯
너는 언제까지
길 밖에 머물러 있을래?

기다림 끝
매화꽃 소식 들고 찾아올 거지?

높고 낮은 빗방울 소리!

삼한사진三寒四塵

늦겨울 바람

작은 고추 매운맛이다

전설처럼 내려오던 삼한사온三寒四瑥

오늘은 따뜻한 날 차례

웬걸!

일기도 세태를 타나 삼한사진三寒四塵

따뜻한 날씨 대신

찾아온 미세먼지

커다란 마스크로 코 입 막아 놓는다

하지만

다리 부러져 방콕하는 친구

노란 후리지아 한 다발 들고

청명한 하늘 되어

햇살처럼 찾아가야겠다

붕어빵

장손 고등학교 졸업하는 날
올백으로 머리 치켜세워
한껏 멋 부리고
할아버지 아버지 손자 셋이서 사진 찍었다

피는 못 속인다더니
남편 빼닮은 아들
아들 똑 닮은 손자

판박이 얼굴
웃는 입조차 빼닮은
붕어빵 삼대

사진 속 운동장이 환하다

할머니와 유모차

빠글한 라면머리에
꽃무늬 모자 눌러쓰고
낡은 유모차 앞세워 비틀비틀 걷는 할머니
이른 봄, 바람이 쌀랑하다

유모차 안 방긋 웃는 아가 대신
시멘트 뒤섞인 벽돌 한 장
머쓱히 누워 할머니와 함께 간다

살뜰히 보살피고 키워 온
자식 얼굴 가물가물 멀기만 하고
오라는 데 없지만 갈 곳도 마땅찮아

사람 찾아 동네 길 따라
할매와 유모차 서로 의지하며
오늘도 나섰다, 말벗 찾아서

머리 염색하다

하고 싶은 일 수두룩하고
오라는 데 없어도 가고 싶은 곳 여기저기
아직은 예뻐 보이고 싶은데
제멋대로 삐죽삐죽한 새치
사금파리처럼 반짝인다

하얗게 바랜 세월의 흔적
자랑스러울 것 없고 내세울 것 없어
붓으로 조심스레 검게 지운다

옹이진 섭한 감정
검은 물감으로 지운다고
저만치 달아난 젊음이 올까마는
마음마저 퇴색하고 싶지 않은 걸

한 올 두 올
수놓는 마음으로

머리카락에 물감 들인다.

마음속 무지개도 함께

산딸기

언덕 위
유리창 탁 트인 카페
구름이 한가롭게 흐르고
바람 살갑게 스치는 오후

철 늦은 작약꽃
어딘가 나를 닮은 것 같아
눈길 한 번 마음 한 번 더 가는데

갈래머리 눈이 까만 소녀가
핏빛 산딸기 한 가지
가만히 손에 쥐어 주고 뛰어갔다

손바닥 옮겨 온 산딸기 한 송이
가슴 찡하게 울리고
늦둥이 작약꽃을 더 붉게 물들인다

봄은 오는 듯 가고

멀리서 꿩 울음소리

세월을 서두르지 말란다

수국에게

유월 아침이
분홍빛 수국 꽃으로 환하다

지난해 옮겨 심은 가녀린 줄기
칼바람 눈 폭풍 속에서도
생명줄 놓지 않았구나

꽃 앞에서
나 화사하게 분홍빛으로 물든다

꽃대궁 여리지만
긴 장마에도 쓰러질 듯 쓰러지지 않고
이 아침을 환히 웃어 주니
얼마나 고마운지

우리 서로 마주보며
힘내자
웃자!

바람도 살랑 한몫 끼어든다

나를 일으켜 주는
수국
너는 부드러운 손이야

어명黎明

초침 소리
내 심장박동에 리듬 맞추고
풀벌레 소리 찾아드는데

유리창에 걸린
초승달은
어디로 노저어가나

초저녁에 든 잠 깨어나
더 잠 못 드는 나는
생각 따라 흐른다

장호원 사과 밭
지금쯤 빨갛게 익은 사과
벚꽃보다 더 화사롭겠지

제일 크고 빨간 사과는 까치가 쪼아먹고

노랗게 잘 익은 배는

배고픈 벌레가 임자였어

바람 스치는 소리

새들이 지저귄다

아무 일 없었다는 듯

어느새

창문에 햇살이 모여든다

망설임

핸드폰 열어 볼까
말까

폰 소리 까똑까똑
화창한 날씨까지
자꾸 밖으로 불러대는데

안녕이라고
문자 띄워 보낼까
말까

우리 커피 한 잔 할래
불러낼까
말까

망설임이 길어지는데

카톡에 뜬 안내문자

오미크론 확진자 숫자가

눈을 부릅뜨고 있다

누가 장미를 꺾어갔나

긴 여름 장마에
꽃들이, 풀들이
폭삭 주저앉았다

길손이지만 꼬챙이 지지대 세워 주고
잡풀도 뽑아 주었더니
누렇게 죽어가던 장미가
한 송이 꽃을 피웠다

고난 끝에 핀 꽃이라서 그랬는지
빛깔이 고혹스러웠다

눈에 담아도 아까운 걸
마음에 깊이 담고 발길 돌렸는데
설레는 마음으로 다시 찾아오니
어느 몹쓸 손길이 꺾어가버렸다

싹둑 모가지 잘린 장미 줄기

폐가 같아 마음 쓰리다

무참히 보쌈해간 손길

장미 가시가 기억할 것이다

꽃샘추위

저만치 앞서 가버린 입동
찬바람도 마저 따라갈 것이지
어찌 미련 두고 서성이나요

철늦은
눈발이
벚꽃처럼 휘날리네요

둔덕에 고개 내밀고
노랗게 웃던 개나리
봄 마중 나섰다 그만
겨울바람 시샘에 자라목 되었네

제4부

세월과 시간

그날이 오면

주님 얼굴 뵈옵는 그날
잘 살았다 하실까
엄한 얼굴로 나무라실까
마음 조아리며 나아갑니다

의심 많은 도마는 아니었는지
속이는 자는 아니었는지
도망자 요나는 아니었는지
기대와 두려움으로 주님 얼굴 바라봅니다

언제나
크고 부드러운 손 내밀고
길 잃은 양 돌아오기를 기다리는
하늘보다 더 넓으신 아버지 품

당신의 미소 기다리며
앞으로 나아갑니다

천부여 의지 없어서

손들고 갑니다

주님!

부디 나를 박대하지 마옵소서

태풍의 마음

파도는 사자처럼 달려오고
바람은 온통 세상 날려버릴 기세였다
태풍은 간밤에 왜 그다지 성났을까?

파도에 밀려온 해초 쓰레기더미
찢겨진 그물
해변에 버려두었지만

오늘은 시침 뚝 떼고
물결 잔잔하게 잠재우고
갈매기를 날린다

갯바위에 빨갛게 피어난
해당화는 알고 있을까
곱고 아름다운 건 세상에 남겨 두고 싶은
태풍의 마음을

동화나라

가을 하고 이름 부르면
빨간 사과가 주렁주렁 열릴 거야

겨울아 겨울아 이름 부르면
하얀 눈송이가 나비처럼 날아올 거구

봄아 어서 와 하면
파란 잎새들 새록새록 돋아나겠지

여름이 오면
나는 빗속을 걸을 거야 후두둑 빗소리 들으며

휘파람새가
내 이름 불러 주면
맨발로 달려갈 거야

비 오는 저녁

바람이 한결 선들해졌다
다들 가을이라고 하네
반짝 얼굴 보여주나 싶던
해는 구름에 갇히고

비가 내린다
낙숫물 소리
친구 오는 발자국 소리일까
목 축이고 생기 찾은 잔디
너도 올 여름 많이 힘들었구나

전혀 반갑지 않던 카톡 소리가
슬그머니 기다려지고
마음 헛헛해지는 시간
빗소리만 혼자 놀고 있다

나들이 갈 때마다 비가 내린다는

짝꿍은

우산을 챙겨 들었을까

아차!

찌개 타는 냄새

가을 빗소리에

내가 너무 오래 젖어 있었구나

절규

길 복판에 버려진 나
얼마나 민망한지
당신은 아시나요

신나게 달린 후
더 달릴 필요 없다고
팽개치고 가버린 당신
심장은 무슨 색깔인가요

사람들
혹여 발 걸려 넘어질세라
나 얼마나 마음 조리는지
당신은 아시나요

어서 나를 거두어 주세요
나는 킥보드
달리거나 아니면
길 한구석에 조용히 머물고 싶어요

밤은 깊어가고

비도 온다는데

당신은 그새 나를 잊어버리셨나요

바람 따라 달려가는 낙엽을 보세요

나를 되돌아본다

나
새 옷 갈아입고
본향 가는 날
아름다운 노래로 환송해 주세요

울고 웃고 사랑하며
부대끼며 보낸
사계절이
수십 년 왔다 갔는데

반짝이는 강물
빈 나룻배 하나 기다리는
저 강을 건너면
새 하늘 새 땅이 펼쳐지겠지요

거기서 누가 나를 반겨 줄까요
내 아버지 어머니 기다려 주실까요

남겨진 내 발자취

사람들은 이떻게 기억할까요

밤 깊도록 나를 되돌아봅니다

약속

비 올 듯 눈 내릴 듯
하늘은 무겁게 내려앉고
바람은 싸늘히 불고 있습니다

코로나로 소식 끊어졌던
머리 희끗한 친구를 만났습니다
무소식이 희소식이던 우리
아픈 데 없었느냐고
서로를 다독거립니다

가을에 미처 떠나지 못한 가랑잎이
눈에 들어옵니다
사그라져가는 바삭한 모습
어딘가 우리를 닮은 생각 들어
미워집니다
아니, 불쌍해져서
눈물 날 것 같습니다

그래도

가랑잎 닮은 내 마음속엔

풋사과 같은 마음이 남아 있답니다

가랑잎에게

내년에는 새 잎으로 만나자고 약속합니다

마주보는 눈에 햇살이 빛납니다

빗방울

나는 버스 유리창에 매달린
작은 빗방울
유리창 안을 들여다봅니다

집으로 돌아가는
지친 얼굴들 멍하니 창밖을 봅니다
우리는 서로 얼굴 마주합니다

엄마 품에 안긴 아기가
나를 만져 보려 합니다
나도 반짝 윙크를 보내면서
손을 내밉니다

아기에게 다가서려다 바람에 밀려
그만
아기 손을 놓칩니다

버스 창문에서 떨어집니다
친구 빗방울이 손을 잡다 친구 빗방울도
함께 떨어져갑니다

버스는 뒤돌아보지 않고 달려갑니다
바람이 꼬리를 길게 끌며 따라갑니다

마음 헛헛한 날

마음 실타래 풀리지 않으면
재래시장에 가자
사람들 얽히고설키며 살아가는 그곳
신문지에 달래, 봄동 깔아 놓고
달팽이처럼 바닥에 가라앉은 할매

달래, 봄동, 할매 마음
검정 비닐봉지에 담아 들고
지하상가에서 두툼한 장갑 한 켤레 고르고
좁은 시장통 인파에 엉킨 실타래 되기도 한다

여기저기 휘둘러 다니다
어느 틈에 뱃속이 헛헛해
나무의자 틈에 종이 접듯
비집고 앉으며 서로 친숙히 웃고

입맛 당기는 멸치국수 냄새
뜨뜻한 국물에 국수가락 풀고
엉켰던 마음도 푼다

오늘은
마음 꿀꿀한데
광장시장통
빈대떡 맛 찾아 나설까

눈 내린 날

커튼을 젖히니
온 세상이 하얗다
소나무, 철쭉, 장독대
오손도손 모여 사는 잔디밭

매일 찾아오던 까치는 왜 안 올까?
사진 속처럼 침묵한다

철모르고
빠꼼이 얼굴 내민 영춘화
꼼짝없이 눈 속에 갇혔다

철없던 시절
눈싸움하던 친구들
이 아침 어느 눈 속에 갇혀 있을까?

저 하얀 눈밭

꾹꾹 발자국 찍으며 까치 찾아오고

군대 간 손자 성큼성큼 찾아왔으면

화들짝 놀란 봄

고개 내민 영춘화 모습에
시무룩한 목련이 화들짝 깨어나고
꽃차례 잊은 매화가 서둘러 꽃 피워낸다

성급히
반팔 입고 나온 젊은이들 볼에
봄볕이 발그레한데

한가로이 봄꽃
즐겨 볼 틈 없는 마음

세월아
네월아
허둥대지 않고

한가로이 나는
봄꽃 피울 궁리를 하네

카톡 소리

카톡은
오랫동안 끊겼던 소식 물어다주는
반가운 까치

수만리 이역에서
번개보다 재빨리 찾아와
까똑까똑 문 두드린다

누구일까
창문 열어 봐야지

벙어리 다이얼 전화기는
언제나 말동무 찾아오려나
눈만 껌뻑이고 있는데

카톡 소리
끊겼던 소식 물어다 주는
반가운 까치 소리

목마른 물방울

유리창 불빛 따스하고
식탁에 둘러앉은
가족들 얼굴엔 웃음꽃이 환하다

낮엔 어떻게 지냈느냐
점심은 어땠느냐
궁금한 시간 동산만 한데

나는 손 내밀어 보지만
유리창에 매달린
작은 물방울

차디찬 투명 벽이 막아섭니다
환한 불빛 안에서는
나를 볼 수 없나 봐요

나는 저 가족들 틈에 끼고 싶어도

바깥에서 혼자 떨어져야 하는

목마른 물방울

세월과 시간

함부로 쏜 화살 같은 세월
야속하고 원망스러웠는데
다리 부러져 뼈 아물려면
시간이 가야 한다는 의사 말씀

오늘은 어제보다 조금 좋아졌을까
내일이면 뼈 진액이 흘러나올까
조바심 나는 마음에
시간은 왜 이다지도 더디 가나

이 며칠처럼 시간이 더디 간 적은 없다
세월을 붙들고 싶지만
시간이 흘러야
깁스 풀고 걸을 수 있다는 말에
마음을 내려놓는다

세월은 징검다리 건너듯 더디 가고
시간은 물살처럼 빠르게 흘러갔으면

풍경 소리 1

이른 새벽
은은히 여는 풍경 소리
풀잎도 가만히 귀 기울이는가
내 가슴 조용히 숨죽이는데

스치는 바람에
꿈결처럼 들리는 풍경 소리
누군가 나를 위해 기도하는 소리인 듯

새소리 상쾌하고
바람은 살랑대고
새벽빛 멀리서 오고 있는데

풍경 소리에 젖은 산골 흙집
잠 깰 줄 모른다

거울 속 여인

나이 지긋한 여인이
나를 보고 있습니다

나를 똑 닮은 얼굴
무엇이 모자라
저렇게 허전해 보일까요

내가 웃으면 따라 웃고
찡그리면 따라 찡그리는
그녀를 자세히 들여다봅니다

가버린 시절
아쉬워하는 기색 역력합니다

여인에게
먼저 손을 내밉니다
그녀의 손 잡히지 않습니다

그녀의 손

내가 가지고 있으니까

들풀에게

바람을 만난 들풀이
온몸으로 웃는다

바람아
좀 살살 간질이려무나
내 말 들었는지
바람이 훌쩍 떠났다

어리둥절한
들풀이
갑자기
눈 둘 곳 잃었다

들풀아
가는 바람은 내 것이 아니다

이 봄 가기 전에
내 말 알아듣는 또 한 바람이
찾아오리니

초조해 하지 마라
기다림 끝에는
반가운 기별 있을 게다

제5부

가을엽서

비와 나

11월 월요일 아침
비가 내린다
발끝으로 춤추는 발레리나처럼
퐁당퐁당 뛰는 하얀 푸들처럼

퐁당거리고
폴짝대는
저 빗방울은 나를 무엇이라 생각할까

우리 서로 바라보며
나는 네가 되고
너는 내가 되는
이 아침

너는 목마른 나무에게
생명 주고
나는 마음 마른 자에게
빗방울이 되어 주리

등대

오징어잡이 배 불빛 떠난
먼 바다

밤바다는 달빛 끄고
잠들었는데

등대야
홀로 눈 껌뻑이며
두리번두리번
누구를 기다리니?

잠 잃은 우리
오순도순 옛이야기하며
함께 밤 새워 볼까?

빗소리 1

창문 두드리는 세찬 빗소리
혹 당신이
못 박힌 손으로
문 두드리는 소리인가요

지칠 줄 모르는
인간의 끝없는 욕망
나무라는
당신의 말씀인가요

깨어나라
돌아오라
야곱처럼
탕자처럼

하염없이 내리치는 빗줄기는
당신의 눈물

이 눈물 그치면
밝은 태양 떠오르리라

빗물에 참회의 손 씻으며
나 돌아갑니다
당신께 돌아갑니다
나의 주님

별꽃

잡풀 틈새에 조그맣고 하얀
녹두알보다 작은
이름 모를 풀꽃

작아서 예쁜 줄 모르고
벌 나비 못 본 채 지나치는
어여쁜 꽃

오늘 처음 만났지만
별처럼 요정처럼
웃는 꽃

헤어져 돌아서면
언제 또 만날지
다시 만나도
지금처럼 웃고 있을는지

별꽃이라 이름 지어 주고
보고 또 본다
아기처럼 천진하게 웃는
풀꽃

이제부터 네 이름은
별꽃이야

당신 있어

하늘이 먹구름이면 어때
바람 불면 어때
당신이 옆에 있는데

동백꽃

동백나무 아래
낙화한
핏빛 동백꽃이 말합니다

서러워 마세요
꽃 졌다고 마음마저 떠나는 게 아닙니다

여전한 붉은 심장
당신 향한 사랑인 것을

꽃병과 약병

젊었을 적 식탁엔
장미 꽃병이 돋보였다
당신과 나
얼큰한 두부찌개 설익은 김치 하나로도
맛있다 맛있다
의좋은 오누이처럼 웃었다

제비 새끼 같던
딸 아들 제 짝 찾아 떠나간
식탁에
묵은 손맛 반찬 그득해도
가슴 한쪽이 허전하다

꽃병 대신
약병이 돋보이는 식탁

속절없이 하루가 저물어가는데
아차!
당신 약 드셨소?
영감님 목소리가 크게 울린다

꽃병보다 더 챙기는 약병

노란 작은 꽃

나는
한 포기 노란 작은 꽃

이른 아침부터 피어 있지요
넓고 푸른 하늘 아래

당신을 기쁘게 해 주려고
한들한들 미소 짓고 있었지요

어쩌지요
당신은 날 쳐다보지 않네요

쫄랑거리며 달려오던
푸들이 쉬하고 달려가네요

나는
섭섭다 안해요

언젠가 당신이 찾아와

예쁘다 말해 주겠지요

홍수

하늘에

얼마나 많은 물 고였길래

어제 오늘 물 폭탄 터지고

팔당댐 의암댐 소양강댐

댐 수문 몽땅 열렸을까

둑 터진 저수지

여덟 마을 휩쓸어 버리고

거센 물살에 둥둥 떠다니는 차량들

지붕 위에 떨고 선 소 떼

아직도 성난 비는 계속 퍼부어댄다

저 많은 물들 언제 바닥나서

하늘 수문 닫히려나

논자리엔 드센 강 흐르고

농부의 신음소리 가슴 속 홍수로 둑 터진다

제발 비를 거두어 주소서

노여움 푸시고

밝은 햇살에 웃는 얼굴 보여 주소서

떠오르는 햇살을

온 들판 비추는 달을

반짝이는 별을

보여 주소서

나는 무엇으로

비 개인 하늘 뭉게구름

갓 튼 솜 같아서

옳거니

저 구름은 변함없이 깨끗하리라

흰 백합 순결한 향기

맑은 하늘 닮아

마음 다해 흠뻑 취했고

산들바람

하도 정겨워

내 품에 안으렸더니

뭉게구름 먹구름으로 변하고

꽃은 시들어 누런 휴지 같고

바람 또한 흔적 없이 흘러가는구나

세상에 믿을 것 하나 없고
자연 법칙도 제멋대로니
나는 무엇으로 변해가야 하나

빗소리 2

삼월 매화 꽃눈 봉곳한가 싶더니
벚꽃이 시샘처럼 피어나고
봄 탄 마음
벚꽃 놀이에 설렌다

윤중로 전면 통제
벚꽃 구경은 그림의 떡 되고
벚꽃과 인간 사이에
은하수가 놓일 줄이야

봄비마저 시샘하나
빗소리만 요란하다
미세먼지 씻어버려도
벚꽃만은 그대로 남겨 주기를

가을엽서

산책길
어깨에 툭 떨어지는 빨간 단풍잎
조심히 주워
머리에 꽂았습니다

말없이 저만치 앞서가는 당신
사랑한단 말 대신
주고 가신 정표인 것 같아서

단풍잎 받는 마음
점점 붉어지는 까닭을
당신은 아실까요

당신 뒤따라 걷는 발걸음
점점 빨라집니다

산골 외딴집

정선 산골 양지 녘
산비탈에 홀로 고즈넉한 양철집
비에 젖는다

누가 살고 있을까
아무도 올 것 같지 않은 산골

삽살개 한 마리 꼬리치며 나올 법도 한데
옥수수 잎만 바람에 흔들리고

저 멀리 산 아래 철길에는
긴 완행열차 지나가고
변덕 심한 빗줄기는 오락가락
마음 헷갈리게 한다

감자 한 솥 푹 쪄 놓고
조그맣게 오그라진 어머니가

기다리고 있을 것도 같다

아랫목엔 따뜻하게 불 지펴 놓았을까

후두둑 빗방울이 굵어진다

사람 그리운 양철지붕

빗줄기 소리만 뛰어다닌다

꽃할매

뽀글 파마머리
경로 우대석 꽃 할매들
얘 너 얼굴 좋아졌다 예뻐졌어
새 우산 음식점에 두고 왔네
넘 아까워 죽겠어 딸이 사 준 건데

동창회 다녀오시나
한껏 멋 내고 눈썹 문신도 진하다

꽃무늬 블라우스
입술연지 바르노라
붕어처럼 쑥 내민 주름진 입술
고랑이 더 깊어 보인다

여자는
늙어도 예쁘게 보이고 싶고
마음은 세월을 손사래질 하고 싶단다

저 자리에 앉으면
영락없는 내 모습이겠지

세월 이기는 장사는 어디 없을까
경로석에 라면 뽀글 파마 꽃할매 셋
목소리가 자꾸 높아진다

늦장미

늦가을 비에 흠뻑 젖은 장미 한 송이
오들바들 떨며
나를 쳐다본다

간밤
저미듯 쓸며 지나던 칼바람
우레 천둥 이겨내노라
얼마나 힘들었을까

녹록치 않은 세상사
인생 걸어가는 길에
햇살만 늘 있겠느냐
이 또한 지나가고 마는 것

빨간 장미
널 보고 힘내야지
일어서야지

제6부

아파하지 마세요

담배꽃과 어머니

담배 모종 실지렁이 닮았더니
어느새 풍성한 잎새 달고
꽃피기 무섭게
날선 낫질에 꽃머리 잘려버렸네

잘 살아만다오 잎새 담배야
기도하는 마음으로
묵묵히 낫질 받고
떠나는 담배꽃

우리 어머니 삶도 그랬지
삼백예순 날 호미질로
낫처럼 휘어진 등어리
늘 따뜻이 웃어 주었지

풍성한 유월 잎새 담배
꽃대 잘린 채 무얼 생각할까

하늘엔

집채만 한 먹구름이

먹먹히 떠 있다

언제 오시렵니까

구세주 당신
언제 오시렵니까
두 손 모아 기다리고 있는데

보이지 않고 잡히지 않는
바이러스 때문에
매일 기죽어 지냅니다

어제도 오늘도
힘센 당신이 요상한 그것들
물리쳐 주실 줄 알았는데

철없는 개나리 노랗게
보아 달라 웃어 달라 보채는데
조그만 마스크에 숨어
마주 오는 사람 멀리 비켜갑니다

당신은 듣고 계시는가요
두려움에 찬 울음소리
뼈마디 부딪히는 소리를

구세주 당신이여
오만했던 나를 숨죽입니다
회칠했던 거짓 신앙을
수십 번 애끓는 심정 대신 손 씻어
용서를 비는 사이

버드나무 가지 파랗게 물오르고
노란 생강꽃 피고 있습니다

나의 구세주
나에게 어서 봄으로 오시옵소서

까치 소리

떼 까치 우짖는 소리
무슨 일일까 바라보니
황망히 쫓기는 까마귀 한 마리

울타리 없는 하늘
영역 다툼하는 너나
땅 경계 두고 시끄러운 인간사와
다를 게 무엇인가

네 것 내 것 다투니
어찌 떼 까치들에게만
시끄럽다 탓하랴

앞마당 감나무 가지에
까치 와서 울면
반가운 손님 오신다던
어릴 적 설렘은 어디 갔나

풀벌레 소리

초저녁 잠결에 들려오는 풀벌레 소리
벌써 가을인가
아직 여름 장마 끝기지도 않았는데
이름 모를 풀벌레
서둘러 찾아왔나

세상 바삐 돌아가니
풀벌레 너도 마음 급해졌나
무더위 사라지는 건 좋지만
쏜살같이 빠른 세월은 붙들어 놓고 싶구나

새해 첫 날 세운 계획
엊그제 같은데

여름 뒤에서
벌써 가을 왔다고
너까지 재촉하지 말아다오

그림엽서

우리 같이 걷던 오솔길
개나리 진달래 팔 벌려 안아 주었지
새들은 이리저리 날고

천둥소리 요란한 여름밤
어느 날 서리 내리고
가을 들꽃 시들어버린 그 길

거기엔
누런 낙엽만 그득하지만
사진으로 담긴 네 마음 따뜻하네

눈 내리고 얼음 얼어도
땅 풀리며
새싹 돋고 새들 찾아오겠지

우리 마음에도 봄이 와서
밭 갈고 씨 뿌리겠지

풍경 소리 2

꿈결에 들려오는 풍경 소리
바람이 신고 왔나
곤히 잠든 나를 깨운다

겟세마네 동산
홀로이신 예수님
세상 속 곤한 잠에 빠진 나를
풍경 소리로 부르시나

바람 따라 흔들리는
풀잎 같은 나에게
언제나 변함없는 주님…

땡그랑 땡그랑
언뜻 선뜻 나를 깨운다

새벽 종소리

풀향기 맡으며
우면산 둘레길 걷는다

어디선가
가을 빈 밭에 부는 바람이
가까이 다가오다 사라져가고

발자국 소리
옆을 스쳐가는 젊은이의
어렴풋한 비누 냄새가 싱그럽다

아아!
나에게서는
어떤 냄새가 풍길까

여의도 하이에나 체취?
변심하는 박쥐의 몸 냄새?

역겨운 냄새는 삼갑니다

풀향기 맡으며 둘레길 걷는
양들에게
새벽 6시를 알리는
시계탑 종소리가 은은하다

뎅그렁 뎅그렁

멍 때리는 시간

꽃망울 톡 터질 듯하고
풀잎엔 물방울 반짝
햇살은 마냥 따습다

새근새근 잠든 아기
꼬집어 보고 싶은 말간 볼
아기야 너는
사랑받는 봄바람이다

봄바람은
주님의 선물

나도
주님의 선물을 받고 싶다
반짝이는 물망울처럼
따스한 햇살처럼

아아, 너의 말간 볼처럼!

하루는 이제 정오로 가는데
조용한 공백 속에
나는 새근새근 잠든 아기가 되어
멍 때리는 시간

쿵쿵
이웃 집 굴착공사 소리는
먼 세상 끝에 주고
멍 속 깊이 가라앉는다

할미 마음

먼지 쌓인 묵은 파일을 열었다
수능 앞 둔 손녀에게 보낸
격려 글이 맨 앞에 펼쳐진다

살얼음판 걷듯 조심스레 쓴 할미 마음
온 가족 마음 졸이던
기도가 들어 있다

대학 입학하던 날
복실 강아지처럼 폴짝폴짝 뛰던 네가
벌써 대학을 졸업하다니

우리 모두 수험생 되어
숨죽이던 그때가
훌쩍 4년 흘렀다고

손녀 사각모 쓰고

박꽃처럼 웃으며

화살 같은 세월을 느꼈다

아직도 할미에게 너는

솜털 보숭한 어린아이인데 말이다

아파하지 마세요

아파하지 마세요
살다 보면
아플 때 있고
웃는 날도 있으려니

동백꽃 송이마다
바람 불고
소나기 쏟아지고
때론 태풍도 불겠지요

태풍을 견디고
미풍 손짓에도 유연히
또 불볕 태양 이겨내면

어느덧 세월은 가고
아픔도
아련한 추억으로 오겠지요

아파하지 마세요

슬퍼하지 마세요

떠나가도 언제인가 올 때 있겠지요

나직이

당신 발치에서

당신을 우러러 봅니다

매미 울음

장마 뒤끝
햇빛이 쨍하다
우면산 둘레길 올라서니
매미가 먼저 도착했다

매미 울음소리에
한나절을 나뭇잎 춤춘다

말복 지났으니
곧 떠나야 할 매미
짧은 시간이 아쉬운가
목청껏 울어댄다

눅눅한 마음 말리는 나보다
갈 길 더 바쁜 듯

폭염 가는 거야 반갑지만

세월이 덧없이 가는 건

어쩐지 안타깝다

목청껏 울어대는 매미야

눅눅한 내 마음 가져가 울어다오

짓궂은 날

비가
멈출 듯 멈추지 않고
머뭇머뭇 망설이며 내린다

우산을 펼쳐야 하나
접어야 하나
두서없이 헷갈리는데
마주 오는 사람 표정도 그렇다

어제는 꽃망울 터트릴 듯하더니
오늘은 코끝 에이는 바람
초로에 들어선
방황하는 마음 같다

젊음은 어느 틈에
만 리 밖으로 달아나
저 혼자 미지의 길에 들어섰는데

2월은

무심히

오락가락 비를 뿌리다 말다

소견머리 없이 짓궂어라

돌연변이

회양목
긴 겨울 견뎌내고
파랗게 봄 실어 쑥쑥 키를 늘인다
자세히 들여다보니
잎사귀가 길쭉하게 변형되었다

이게 회양목이 맞나
갑자기
무슨 종인지 어리둥절하다

모진 바람
폭설과 매연가스
미세먼지랑 황사에
네 유전자마저 바뀌었는가

너를 보며 생각에 잠긴다

먼 훗날 인간은
어떻게 변해 있을까
지금의 우리 모습 박물관에
박제되어 서 있지는 않을까

머리는 쟁반만 하고
다리는 오징어 다리 모양으로
AI의 노예로 변하지는 않을까

회양목이
내일 걱정은 내일 하라고
온몸으로 황사 비를 맞는다

세월은 강으로

봄날
새싹으로 만난 우리
세월은 깊은 강으로 흘렀네

눈빛 하나로도
서로를 알고
볼 수는 없어도
늘 함께했지

가을이 툭 던지고 간
잎새 한 장
바람에 굴러가도

우리 마음
남아 있으리
겨울 가면
봄이 오는 것처럼

남기고 싶은 말

시와함께(Along with Poetry) 시인선 033

김순희 시집

행운목 향기

발　행　2024년 11월 11일

지은이　김순희

펴낸이　양소망

펴낸곳　도서출판 넓은마루

주　소　(03132) 서울특별시 종로구 삼일대로 30길21, 410호(낙원동, 종로오피스텔)

전　화　02-747-9897, 010-7513-8838

이메일　withpoem9@daum.net

출판등록　제2019호-000100호

인쇄 · 제본　(주)지엔피링크

저작권자 ⓒ 2024, 김순희

ISBN · 979-11-90962-41-4(04810) 979-11-90962-04-9 (세트)

값 12,000원